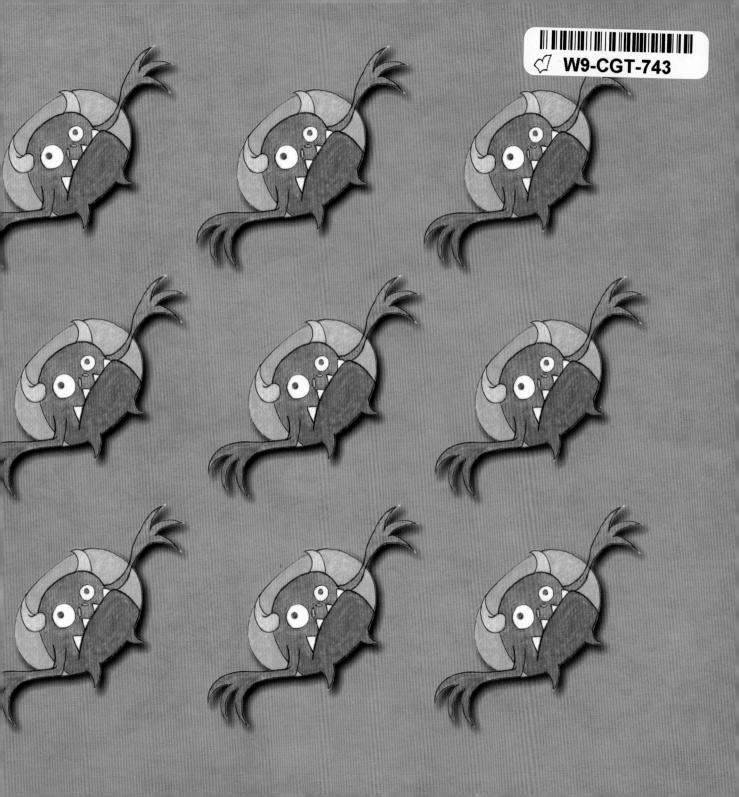

Para Harvard University
Con respeto,

Juan Sebastián Montoya Vargas nació en Bogotá en 1985. Como muchos otros niños, quiere ser escritor cuando sea grande. Cuando tenía diez años, su mamá lo encontró dibujando monstruos y pensó que su cabeza andaba mal. Ahora es coordinador editorial de una editorial independiente "monstruosamente bella" y conferencista de Literatura Infantil y Juvenil. Siguiendo su sueño de ser escritor, cursa actualmente un posgrado en libros infantiles y juveniles en Barcelona.

Taller de Edición · Rocca® publica *¿Mi vecino es un monstruo?*, su primer libro, en el marco de la 27ª Feria Internacional del Libro de Bogotá en 2014.

Felipe Andrés Alfonso Calderón es un Diseñador Industrial bogotano cuya pasión es plasmar sueños e historias mediante la ilustración, que ha sido su pasatiempo favorito desde que era niño y soñaba con ser el pianista de Fruko y sus tesos.

© Juan Sebastián Montoya Vargas (del texto)
© Felipe Andrés Alfonso (de las ilustraciones)
© Taller de Edición • Rocca® S. A.

Bogotá, D. C., Colombia
Primera edición, abril de 2014
ISBN: 978-958-8545-74-5

Edición y producción editorial: Taller de Edición • Rocca® S. A.
Carrera 4A No. 26A-91, oficina 203. Edificio Independencia
Teléfonos/Fax.: 243 2862 - 243 8591
taller@tallerdeedicion.com
www.tallerdeedicion.com

Impresión y acabados: La Imprenta Editores S.A.

IMPRESO Y HECHO EN COLOMBIA • PRINTED AND MADE IN COLOMBIA

¿Mi vecino es un monstruo?

TALLER DE EDICIÓN • ROCCA®
n i ñ o s

Pensé que sería la última vez que pasaría. Siguen mirándome raro, por eso todas las noches me miro al espejo a ver si encuentro algo extraño en mí. Hasta hoy, no he encontrado nada.

He caminado con mi hermana Victoria por este parque, nos gusta salir a jugar.

Cuando ella no está, me siento solo. A veces, me encuentro con un niño curioso llamado Valentín. Es mi vecino y me cae bien.

Me mira raro, pero no tanto como los otros niños.

Hoy me habló Valentín, jugamos un poco hasta que su mamá lo regañó. Creo que fue por estar conmigo. Él dice que tengo súper poderes, por eso los niños del colegio se alejan de mí. Me gusta ver por esta ventana a los niños en el parque, me gustaría estar allá.

Otra vez estoy aburrido en mi cuarto.
Menos mal que, después de ir al médico,
me voy a ver con Valentín en el parque;
ahora somos buenos amigos.

Victoria

Hoy pasan mi película favorita que también le gusta a Daniel. Todos nos reunimos para verla. No puedo esperar a que empiece. Daniel siempre se queda dormido cuando está en las piernas de mamá.

Esta mañana fuimos a jugar al parque con Daniel y Susana; ¡es tan juguetona! Ahora estamos esperando a mamá para que nos recoja, vamos a ir a comprar dulces esta tarde.

En el colegio, los otros niños dicen
que mi hermano es un monstruo, debe
ser por la enfermedad que tiene; yo lo
veo como un niño normal.
En realidad no saben lo divertido que
es, aunque sí es un poco tímido.

Antes de acompañar a Daniel al médico, nos encontramos con nuestro vecino Valentín en el parque; la pasamos súper bien.

De camino a casa, Daniel sólo habló de Valentín, estaba muy feliz; y yo me puse contenta por él.

Se ve que Valentín es un niño amable y simpático, es nuestro primer buen amigo desde que a Daniel le descubrieron la enfermedad.

El colegio

¡Mira a Daniel!
Mejor no nos acerquemos, es mejor alejarnos de él, mi papá hoy estaba furioso hablando con el Director porque está en nuestro colegio.

Ahí está Daniel, no entiendo por qué él sí se va con su mamá en el auto y nosotros nos vamos en la ruta del colegio.

Yo sería feliz si mi mamá me recogiera en el colegio. Los adultos dicen que él es un niño diferente.

"Señores, con un saludo o un abrazo no va a pasar nada, la enfermedad está controlada y los otros niños no corren riesgo al estar en contacto con Daniel".

Es mejor no compartir la comida
con Daniel, puede ser peligroso
para nosotros, o eso dice mi papá.

Valentín

Hoy le hablé a mi vecino. Si él es un monstruo como dicen los demás, yo también quiero serlo. Aunque cuando estoy con él, parece ser un niño normal.

Las vacaciones ya se acercan y
quiero hablar más con Daniel. Ojalá
podamos jugar en el parque sin que
mi mamá me regañe.

Mi mamá se molestó conmigo otra vez porque me encontró jugando con Daniel en el parque. Ella no entiende que no es un monstruo.

Cuando Daniel está conmigo,
todo es normal.

¿Por qué todos piensan que él es extraño?

¿Será que se transforma en un monstruo
cuando no estamos juntos?

Descubrí que Daniel sí tiene algo especial y diferente de los demás niños, es mi amigo.

Él es Daniel

Tiene siete años y está en segundo de primaria. Vive con sus padres y le gusta jugar con su hermana. Es tímido y le encanta sacar a pasear a Susana, su mascota. Se divierte con su amigo Valentín en el parque.

Algunas personas ven así a Daniel

Daniel tiene VIH y debe ir al médico una vez al mes. Toma una pastilla diaria para mantenerse saludable. Es un niño normal, aunque, en ocasiones, las personas lo ven como un monstruo.

¿Mi vecino es un monstruo?

Cuando estoy en mi cama
mirando el techo, con mi
cabeza sobre la almohada,
sueño despierto y me veo
jugando en el colegio.
Soy yo, en busca de amor,
rodeado de abrazos que
traspasan mi alma.
Soy yo, Daniel.

Taller de Edición • Rocca®